詩と思想
新人賞叢書　10

盲目

為平　澪

土曜美術社出版販売

盲目

目次

序詩

誘拐犯

ぼくが昼を誘拐したので　夜が街に恐る恐る出てきた

昼が後ろ指を突きつけた　夜たち同士が
互いに酒を酌み交わし　昼の怖さを語り続け
時には太陽の熱さに身体を焼かれて　火傷したと
痺れる痛さに泣き出す夜もいた

夜たちは有名人の写真や金持ちの名刺に火をつけ
お互いの顔を照らして　タバコに火を点すよう
小さな炎でリレーした

みんな　眠らなかった
みんな　優しくなれた
誰も　暴力なんて振るわなかった

人々は噂した
誰が何のために、昼を誘拐したのか、と

ぼくはぼくのために昼を誘拐し
ぼくの目の中に押し込んだ

ぼくは生まれつき目が見えないけれど
昼を盗んだぼくの目に　漸く映る君たちは
ぼくの国で笑い合う
昼に攫われていたはずの
優しい、夜の住人

X

盲目

目の開いたバラバラ死体を私はずっと捜していた
手はお喋りだと口がくちぐちに言うので
うるさい手を切り落として　口に食わせた
口は満足そうに　黙ってくれた

足は突っ立って進むことしか能がないと
耳が教えるので
足を売って耳栓を買った
耳は都合のいいことしか　言わなくなった

足を失って　胴が重いことがわかった
私は軽くなりたくて　腸を犬に与えた
犬は鼻が利いたので私が捜している
死体の所まで　私を乗せて運んでくれた

大きな鍾乳洞の壁には巨大な目や耳や唇が
私を監視し　私の臭いを嗅ぎ付け　私の噂話をした

目前には見開いた目の
私に似た首が祀られている
下には私が今まで棄ててきた手や足や内臓が
小さく干からびてさらしものになっていた
壁から臭いと鼻が笑い出し　口たちに唾を吐かれている

もう誰も手を繋いでくれないのだとわかった
一緒に歩いてくれる人はいないと知った
そして私にはなかの良いお腹はなかった

だから限界まで旅をしてきました
（お父さん、お母さん、あなたたちが言い残したこと全てを見つけるために

瞳孔を開いたままの顔の
右目と左目が　私の姿を認めると
涙と共に
私は目蓋に　押し潰された

※

今年も祠から　赤子のはしゃぎ声や泣き声が響いてきます

油蟬たちが五月蠅い、のか
目を閉じなければ
聞こえることは
決してない

切り裂きジャック

ダンボールがズタズタに切り裂かれて
ベッドの下に押し込んであった

当然だよね
片付けておいてね、って言ったの、
私だもん

田舎から都会での　新しい暮らしに馴染むために
箱に入れてきたのは

お茶わんや本や衣装ではなく　真新しい私

裂かれたダンボールは　どんなに強いガムテープでとめても
型崩れして　もう箱の形を留めていない
もう、この箱は　私を入れて　自宅へ帰してくれない

破れ目を繕うように
針と糸で　縫えたなら
私たちは　やり直せたかな

ミシンで取り繕ったような　ダンボールは
窓からの隙間風でも　簡単にへしゃげる

古紙回収の日に　ベッドの下に詰め込まれた私の遺体たち

ビニール糸でグルグル巻きにして　自分の手で片付けていく

もう、家じゃない処へ行くんだな

私は自分をゴミターミナルへ放置すると
廃品回収車に押しつぶされて　プレスされた

その時やっと見えたのだ
閉め切ったアパートで独り
私を片付けなければならなかった　切り裂きジャック
彼をズタズタに裂いたのは　他の誰でもないこの私

鞄

女の人の持っている鞄が気になってしょうがなかった
遠くへ行けば行くほど　鞄を欲しがるようになっていった
ピンクのショルダー
黒のハードな合成革に金の鎖のアクセントの物
ケイリョウダウン地のブラウンのトートバッグに
ストライプは青と白のマリンバッグ
アフタヌーンティーのドット柄のエコバッグに
果てにはレジャーを模したトレンドリュック

彼女たちを彩る　鞄が気になって仕方がない
ひと夏で　切り捨てられる物もあれば
擦り切れたり千切れたりするまで使う
一生物《もの》の　鞄もあっただろう
大切に使われたと　静かに自分の役目を終えることの尊さを
味わえる鞄が　ショーウィンドウにいくつあるというのか
期間限定だとか、レアだとか、季節の変わり目に
女心の目に留まるそれぞれの　道標
鞄は　彼女たちと　何処に連れていかれるんだろう

私は　たくさん鞄を買った
そして使わないまま　眺めて満足したら
何処へいったか　なくしてしまう
オーダーメイドの物もあれば　友人が作った物もあったし

ウソかホントか　ブランド物もあっただろうが
どれも私の一生を　共に飾ってくれる物ではなかった

私は　服はいらない
私が欲しいのは　裸の赤子が安心して入る鞄
そこでごろごろ眠る私を
一生大切に肩や背中にかけて　運びまわってくれる女《ひと》

今日　真新しい赤い鞄が
青い透明なゴミ袋に入れて捨てられていた

中身を　確かめる勇気はない

正体

西日の強い秋の日に
燃え落ちた赤ピーマンの残骸に目をやりながら
駅前のツタヤと惣菜屋へ向かう

ジャーのご飯に合う惣菜を
ツタヤで十代に戻れる私を
選んだはずなのに
コンビニでトイレを借りたら
便利にみんな　流れていった

とぼとぼと　背中に西日を背負いながら
今まで歩いてきた道を　ノートに書こうとする度に
両親からの留守電話が　引っかかり
その後　見送る「夕焼け小焼け」

曲がり角をすれ違う妊婦は
地面を見ていたのか　お腹を見ていたのか
俯いたままで　歩いていく

それは　当たり前の幸せを宿して　不安を抱えた子供
赤く熟れて落ちて逝く　ピーマンの未来にも似ていた

誰の上にも広がる夕焼け空の下で

赤くなれない種なしブドウが私だと
自分に言い聞かせて　安心したふりをする

当たり前の幸せの後ろについてくる
影のことばかり見えるから
西日が沈むほどに
私の正体は　黒く長く伸びて
この街に　沈んで消えた

淋しい充電器

一万円札だけの旅　一万円札だけの価値
自分の電池が切れるまで　歩く
チャリチャリとポケットに詰め込んだ
値打ちを確かめて　入っていくのは暗い路地
贅沢な焼き豚丼で　電池をチャージ
心配してくれない親は　感情電池を切断したままだ
帰りたいのに帰れない日に限って　丼屋のＢＧＭはフル回転で
前頭葉に染み渡る、から
聞いたような口を開いて　私に涙を伝達する

店から外部への接触はシャッターの隙間から
オレンジ色に光る　街角娘をシャットアウト
斜め上の高級レストランの三階から　白く輝く白熱灯
見下ろしていたのは大雨の中　赤黒い泥としみに感電した
ネットカフェの看板持ち

私は歩く
黒い服を着込んで
背中は　停電したままで
来たことも無い暗い道
でも　いつか身を屈めて辿った
苦しい産道の指示表示のネオンに向かって
一本道のアーケード街の光を　目指す
私がエコーで　私の内部を見つめるように

私が心電図で　息をしていることが　ばれないように
停電したまま停滞を続けて　這っていく
　人間は大声を出して働く
　電池が切れるまで
　ネオンの色はすぐ変わる
　見失うための目くらませ
スクランブル交差点から　はみ出したいと　強く思った
信号が赤になったら　一目散に　走り抜けたいと思った
路地裏はそんな暗い跳躍力で　点滅していた

移りゆく景色を電線に阻まれ此処に来るまでに
何度更新をかけても　電波は届かなかった
誰でもない誰かである　宛もないメールが
ひとこと　欲しかったのだ

夕暮れが赤黒く胸にこみ上げるように
すれ違った人の　笑顔や言葉が響き渡って
私の内を　交信して　消えることはない

真っ黒い個室の充電器からは
人が流す血のぬくみを感じる赤が
充電中の表示と共に　滲んで落ちて
私の夜が　赤く零れたまま　掬えない

私の中心

今　私の中心に私はいない
好きだった男に　中心を持っていかれて
棄てられたから

私は　スーパーのゴミ箱や
彼とはぐれた　バス停に
私の真ん中が　落ちていないか探し歩いた
寂れたアパートの水道管の中や
新生活を始める為に自宅から持ってきた

鍋の底にも　手を入れては
突っ込んでさらえてみた

一生懸命探しまくった私の姿をみた彼は
「予想以上に汚かったね」と、いうと
私の中心をポケットから　取り出して目の前で
嗤いながら　握り潰した

日本の中心で　今日私が殺されたことなど
勿論、明日の新聞にも載りはしない

XX

盲目ピエロ

自分の姿も見えないくせに　多くの人を傷つけて
その傷口に入り込んでは　自分の居場所を見つけたりする
端役のくせに　主役をエキストラにしてみたり
助けたと思った相手に　救われたり
大事なことには少しも気がつかず「じぶん」を展開させてみて
土足で人の舞台に　上がり込む
そんな真似だけお得意で　悲劇ばかり演じているのに
喜劇のチケットばかりを　配って歩く

私が舞台の隙間からずっと呟いてた呪文
(オトウサン、ニ、アイタクナイ、カラ、カエラナイ、
自分の身の丈も弁えず
私がむげにしてきた一つ一つのシナリオたちを
誰かに優しく訂正されたり　そっと修正してくれた人々の
願いの中に父がいて
私がきちんと喋れるように動けるように設えてくれた、その父の、
死の間際にも「カエリタクナイ」　舞台が続く

私は今日も力の限り　あなたの背中に叫び続ける
(オトウサン、マダ、カエレナイ、ダカラ・・・ドウカ、
あなたが一番初めに産んだ子が　あなたを一番に老いさせた
家、がありながら　劇場好きで芝居好き

螢光灯の下では歌えない
スポットライトの加減ばかりが気になって
どんどん濃くなる自分の影と
向き合いながら　闘う力も気力もなくて
幕が下りればその影に連れられ　ぐるぐるまわる自分

(三文芝居の開演です。今日も私の、コウ、フコウ、
(寄ってらっしゃい、見てらっしゃい、、
(実は私が本物の、主役ですから、主役ですから、、

盲目ピエロは上機嫌
魔法が解けないシンデレラ気取りで
白雪姫のドウラン塗った魔女のカタチで
刷り込まれた台詞を並べ続けて　胸をコトバでうめつくす

けれど
歩いてきた道に街灯が灯る度　浮かぶ自分の影の中心を
見つけられて踏みつけられると　また動けなくて泣いたりもする

薄汚れたスニーカーの靴紐を
何度も結びなおしてくれた父の手が
黄ばんで黒く垂れ下がる部屋で　向き合うひとこととの愛情
（おまえは、娘か、ピエロか、死神か、、
私に化けたピエロを　呆けた目で見破った人
川の字の、真ん中にいた「わたし」だけが　流れていった
家族の行く先など私には見えなくて
ミスキャストの謝罪文が届くころには
家が一つ　たそがれに　燃やされる

けむる、浄化

ナニ、か、腐った臭いが立ち込める部屋で、老女が横たわっている。毎日堆く積まれていくソレらに埋もれて隠れていたモノ。老女が背中のジョクソウと、タオルケットとの間に挟み込んだモノ。ナニ、か、が、生きたまま腐っていく。

仏壇の前で吐き出され押し潰されたティッシュが、丸め込んだ独り言をナイロン袋に一つずつ詰め込んで、口元を縛り上げて声を密封する、それが私の役割。今日も愚痴をこぼしたと指先に絡みつくヨダレがニィーと垂れて、私は真ん中から押し殺した叫び声や呻き声を取り出しては、ナイロン袋に詰めて静かにさせる。

光の射さない仏間と客間を仕切る一枚の白い襖、その溝口から滔々と流れ出す河で、老女は毎日頭を洗っていた。たくさんの淡い虹色をした映像や透けるようなセピア色の写真が、流されていき白紙に戻る。消滅していく写真の人物は泡のように弾けながら、蚊取り線香の火が消えていく温度の熱さと速度、命を静かに殺して燻る煙の曖昧さにも似て。

客間から手を伸ばせば届く背中をむけたままの女、彼女のカタチが私の母であろうとする姿に変わりはなく、とうの昔に張り巡らされたしつけ糸たちは私の手足を所有し、結び目を何箇所も設えていた。

（いつまでも母でいたい女、でなければ自尊心も生きる価値も見出せない女。「お前は私の背負う十字架だ」と悲しそうな眼で、私を見下し私を蔑み、私を嘲り私を見下ろす女。母であり祖母であり、姑にまでなろうとす

る女。そして今夜もおそらく河で頭を洗うであろう、鉛色の六角形鉛筆の芯の眼をした女、)

私は、いつまでたってもひとりで、一つの向日葵を咲かせることが出来ない。ここが駄目、あそこが違う、雄弁な叱責は、伸ばそうとした足先をスコップで根こそぎ切り刻み、掘り返され、私は項垂れたまま枯れるしかなかった。俯いた顔から黒い「かなしみ」を落としても、発芽することなく鋭利な母の息吹に凍てつき根絶やしにされた。干からび萎びた私は、晩夏の太陽に見世物にされ干されたまま腐っていく。

今夜、仕切り襖の溝に、流れる河へ飛び込もう。
明日は確か燃えるゴミの日。青いナイロン袋にくるまれた、白いティッシュ、黄ばんだ指先365本×2と、金切り声や愚痴った後のヨダレたち、そして私のようなアタシ、流れ着きましたか、お母さん。

ナニ、か、腐った臭いが立ち込める部屋で、老女はジョクソウとタオルケットとの間に忍ばせた枯れた向日葵とナイロン袋、それらを枕元に飾ると安心したように私の名を呼ぶ。

私は今夜も母の頭の中で、まき戻されては、綺麗に再生されていく。

レンタル長女

長女でしょ！　しっかりしなさい！　と言われる度に、長女なんだから、長女なんだから、長女なんだから、長女なんだから…と、いいきかせたら吐き気を催し、長女の羅列が、止まらないレシートのように繋がって、口から出てきました。

壊れたレジで計算されたレシートの最後、「長女　レンタル費　０円」と、書かれています。さっきから、ずっと、お腹が痛いのは「しっかりしなさい！」が、響いて、「長女ではなく長男が欲しかった！」両親の本音をお腹が透視していたからです。

長女なんだからしっかりしなきゃ、長女なんだからしっかりしなきゃ、

長女なんだからしっかりしなきゃ、長女なんだからしっかりしなきゃ…、止まらない透視法が、またお腹を痛くする。

お母さん、お腹が痛いよう。お薬を下さい。口から吐くものを押し込めたら、下から漏れていました。いつも、トイレに間に合いません。

お母さん、お母さん、長女って、こんなにも赤い。長男だったら、こんなに赤くはならなかったんですか？　私がゴミ箱に捨てた子供たちを、父親が毎日覗いては、数えて笑っているのも、私は知っています。

お腹が痛いよう。誰か…誰か…、お薬を下さい。そうすれば元気になって、お父さんを殺せるのに！

お母さん、まだお腹が痛いよう…。カラダ、の中で真っ赤な夕陽が沈んで逝くの。やがて、月がでるでしょう。満潮を誘う夜の果てに、私は独り、海に潜って、阿古屋貝の閉じた口を、何度も何度も、ナイフでこじ開けて、泣きます。私が探しているのは「少女」です。両親に封じられた女の子。波に攫われたままかえってきません。水面には長女というペラペラのヒトガタが、浮くばかり。

私は、阿古屋貝の口を開けては、「少女」を探しています。

(あるいは、両親の望んだ長男を？

早く出してあげなければ、また波に攫われて、やがて腐ってしまうでしょう。

真っ赤な月が出ています。アソコには、あなた方が望んだ長女がいるかもしれません。それとも、私が探している少女が、もしかしたら…。

月が余りにも、赤いのです。まるで何かを裏切るように、空には反逆の目玉が光っています。

鬼

歩く。歩く。。
歩いても。歩いても。。ピリオド。。。
真夜中の買い出し　捻挫した足で歩いても　恵方はない。

八方塞がりな時は天が空いている、と、
見上げた闇夜は　三日月の薄笑い。
私の見えない陰の部分を　時折擦れ違う車が
引き伸ばしては　轢き殺して　逃げて行く。

歩く。歩く。。
後方からついてくる涙の粒。。。
私の姿を切断する横断歩道　白と黒の非情な厳しさ。
（こんな時間に家族に巻き寿司を
（こんな時間に鬼退治
（オニハ、ウチ、　オニハ、ウチ、

轢き殺された私の影が呪え、と、指差す方向に　家族。
（お父さんが　眠れなくて暴れてる
（お母さんが　泣いて　臥せってる
（オニハ、ウチ、　オニハ、ウチ、、

歩く。歩く。。
交番に駆け込んで　「お巡りさん」、と、小声で呼んだ。

お巡りさんは　パトロール。
締め切った家々の　撒いた豆の数をかぞえるために。
（節分には冬と春の隙間から　鬼がでるからね、、

歩く、すぐ前を　広報板に張り付いた　指名手配の鬼の首　無言。
ふるさとには、鬼がでるよ、
止まらない句読点のような接続詞、スマホからは、　声、声、声、

（怖いから田んぼに埋めてしまえ
（こんなものを持っているから　私は便利に生きてしまう
（コンナ、ベンリ、ナ、オマモリ、ヲ、

スマホのお墓に　御線香をたてて　水を撒いて声がなくなると
私の両肩にのしかかる　不安。

（家には巻き寿司を待つ家族、
（豆を持って帰れば、それで私は、退治されてしまう

背中の荷物が　カタカタ　鳴る。
私が背負っているのは　何、
私が持っているのは、
私は　何、、。

（オニハ、ウチ、オニハ、ウチ、、オニハ、、、

喋るテレビ

あなたは　年老いた家の姿を見たことがあるか
台所からは　骨と皮だけになった皮膚の隙間から
食器と血が　毎日滑り落ちて死ぬ音
骸骨のような運転手になった父が
赤信号のまま　車を通過させて逝く
一方通行の標識を並べ立てる母の会話は

エンジンがきれたように沈黙すると
静かに泣く

毎日　大音量で喋るテレビ
その画面で　人々は快活な生き死にを
演じている

大音量の存在感に　圧倒されながら
私たち家族は無言で　壊れていく
自分たちの報道を　魚の目をして
待っていた

【介護に疲れた子供、年老いた両親を殺害】

その見出しは　明日の私の背中
近日中に報道される　七十五日の話題

誰もいなくなった家で
目覚まし時計は　毎日　二回鳴り響き
テレビだけが　喋り続ける

竹花

先祖代々の墓石の隙間を潜って　緑の節目が
石塔の地下から　企みを生やす

萎れたシキビや花筒の中で息絶えた小菊を
嘲笑うかのように石塔の狭間を一本の青竹が
墓場の敷地すら貫き
天から墓場にいる者たち全てを見下げていた

広がりすぎた葉先の陰から弱い陽射しだけが

苔生した墓石にこぼれている

昨年　父は育ちすぎたその竹を
錆びた大型鋸で根元から切り落とし
傾いた墓石や石塔を真っ直ぐに立たせた後
今春　自分が伐採した竹のように倒れて
この世を去った

初盆　父のために墓掃除に連れ立つ母子
墓下に繁茂する　竹の謀を見抜いた母が
その企みの芽を　鉈で打ち付け、打ち付け
取り除いていく
排除された竹の遺言を受け継いだかのように
周りの墓石が母を睨み付ける

流れていた微風が瞬時にして凍ったまま
墓と母の間を通過した

薄暗い藪の中に白い粉のような針の花が
二人の背中や肩に　うっすらと降りかかる
(今年は竹花が、よう、咲くからな・・・
誰ともなく正面の墓石に上目遣いで告げる母

炎天
西を向けば川岸の景色までも見える程に
枯れ果て乱倒した多くの竹を強かに眺め
咲いてしまった後の昔語りを語っているのか、
母は合掌したまま　父の墓石に言葉をこぼす

供花

横断歩道のあちら側とこちら側の狭間で
晩秋になると浮かび上がる一人の老婆

一昨年、しなだれたピンクのスイートピーと
二本の黄色い糸菊を握って赤信号を歩いていった

車は急ブレーキをかけ野次をとばしたが
彼女には全く聞こえていない
道行く通勤者は時計ばかりを気にしていた

老婆はよちよち駅へと向かう
着の身着のままパジャマ姿で
庭から引きちぎった花を片手に　渡っていく

駅まえに並ぶおはぎに寄り添うきなこもち
その日は彼岸の入りだった

誰もその後の彼女を知らない
通勤者は前しか見ていなかったし　新米の母親は
自転車の後ろに乗せた子供を気にかけていたから

今年の晩秋　横断歩道のその位置で
デジャヴのように立ち上がるその老婆

後姿が振り向くと母の顔をして　私に尋ねる
（お父ちゃんの墓に花を供えようおもたら道に迷うてしもたがな

私は少し困った顔をして　母におはぎ屋さんを指さした
二人の会話は　恐らく誰にも聞こえなかっただろう

秋の暮れの交差点
点滅し始めた赤信号のあちら側とこちら側の真ん中で
車に轢かれた糸菊二本、歩道の白と黒の垂れ幕に
絡まるように　貼りついている

歩道を通過するタイヤや黒い革靴たちは
黄色い糸菊の色を付けたまま
自分たちの行く先が青信号だと信じているのか

足並みそろえて　渡っていった

家霊

突然の地震で硝子戸から　こけしや人形たちが落ちて
首と胴体が切り離されて　頭がどこまでも転がっていった
電子レンジがガガガガと　上手く喋れなくなり
冷蔵庫は大鼾をかいて　安眠した
洗い場にぶら下がっていた豆電球がＳＯＳの指示を出しても
誰も助けには来なかった
白熱灯は高熱に魘され　頭がショートしてキレた

トイレの水は水であることを忘れて　土になろうとした
風のない夜に決まって　瓦が三枚ずつ　ずれ落ちる音を
濁った井戸が怒りに変えて　水に滴らしめては仏間に合図を送った
台所の置時計の針は　とうとう時間軸を突き破り
時を殺す

白蟻が昼間の空に　人灰と粉骨のうねりを
屋根にまき散らし始めた

家具やベッドは廃棄され　マットの涙は乾いてしまった、のに
横たわっていた人の眼が　抜け殻になっていく家の行方を
見守るように　監視する

無断投棄

昔　そこに畑があった
住人たちは種を蒔き苗を植え
野菜を作り花を作り　少しばかりの木を植え
土に汗をおとした
笑い声も聞こえた

主が亡くなった畑を　子供は捨てた
未亡人は独り言を捨て　娘は愚痴を吐いた
村の人は生ゴミを棄て

飼い犬の糞を　夜に棄てに来た
夏には草がぎっしり覆い繁り
それらは見えなくなった

子供は要らなくなった自転車を棄て
大人になれば自動車のタイヤを
焼いて棄てた
老人会では　そこを火葬場にしようと
市に提案する者も出た

昔　そこに畑があった
先人から代々耕してきた種は
埋もれたまま　結局実を結ばなかった

息子に、妻に、娘に、
捨てられたものを　受け止めてきた土壌は
汚染され　刺激臭を放ち
やがて　立入禁止区域に指定された

今は　火葬場が建っている
その、端に
主の飼っていた猫の墓があるのだと
噂で　聞いた

そこは昔「畑」と呼ばれていたらしい

XXX

逆さまの国

頭は上についているのに
人差し指たちが
私の頭は底辺にあると
珍しそうに　つついてきます

その度に　私の口が頭に上り
我慢できずに　ゲロを吐いてしまうのです
嫌な臭いは足裏の鼻が嗅ぎつけ
胸のあたりから足が　早歩きをし始める頃
心が　逃げていきました

私が頭から逆走している噂が　前進する度
かぶっていた毛布から　心臓が飛び出したい、と
お腹の耳に　泣きつきました

坂の上の窓から
「私には、みんなが歪んで見えます。」
と、言ったら人差し指で　詰られて
「歪んでいるのは、君の首だよ。」
と、またしても　突っつかれて
私は首から　まっ逆さまに
窓辺から　転げ落ちていきました

神さま　私の写真をください

鍋の中

生肉のままでは　水分が多くて煮えないからと
腹を捌かれ生血を取り出し　三枚におろされた、肉
塩分があらかじめ多いからと　再度合成調味料を
流し込まれ　みりん漬けされる
新鮮な生肉であったものが　解体されながら
甘酸っぱくなっていくのを　料理人は楽しんだ

滅多にない食材は　新米シェフが作る、
初めての創作料理として　棚上げされた

調理は深夜に　執行される
まず、腹を裂き腸を取り除き　三枚におろされ
綺麗に押し広げられた
まな板に横たわる口が　何か言いたそうに
死んでいない魚の目をして　相手をずっと睨んでいる

誰もいないはずの　寝台所に横にされ　脳ミソを
麻酔とアルコールづけにされて　瓶詰された
声が出ないように　喉に差し込まれた押しポンプに使う
管からは　白い空気だけが漏れている

右手を巨大なピンキングバサミで　ごろり、と
切り落としては　文字が書けないようにして
左手を刺身包丁で皮をそいで　携帯が持てないようにする

ぐつぐつと煮えたぎる鍋に　易々と放り込まれ
鶏ガラスープになるまで煮詰められた、父の、
出汁を一口　主任シェフが嘗めると
首を横に振って　目をつぶる

まな板の魚の目から　ボトボト水滴がこぼれていて
新米看護師が　むしゃくしゃして
いきなり三角ポストに投げ捨てた

（臭いものには、蓋をしておきなさい

主任の命令で　新米シェフの手が
父の瞼を　下ろしてゆく

夜の創作料理の失敗例とそのプロセスを
ベテラン看護師が　ファイリングして片づける

(介護と飼い殺しは、似ていたね・・・

私は夜のシェフたちが秘密で作り上げた
父の亡骸スープのレシピをどうしても知りたくて
空になった鍋の中　ギラギラ光る眼二つ
遺っていないか　漁りだす

ゴッド・ハンド

手袋をした手が　器から　大量の人を掬い上げていた
その指の狭間から　夥しい人が　こぼれて落ちていった

器の底から
呻き声や悲鳴や嗚咽が聞こえても
泡がはじけるように消されていく
手は器の底から常に差し伸べられていたが
手袋をした手は　そっと　器の上をラップして密封した

手袋の上に残った人の頬は赤らみはじめ
ゆっくり起き上がると
笑い合い抱き合い、お礼をいって出ていった

指は　手袋の指は　掬い上げた人数だけを毎日数え
白い紙の上に　出ていく人と泡になった関係者の捺印を
又、数えた

印、になった人たちは　紙切れになって
夜、燃やされたり　ばらまかれたりして
宣伝された

手袋を嵌めた手は毎日　器から
人を掬ってはこぼし　掬ってはこぼし

持ち上げた人数だけ指折り数えた
　（数字だけが、行進していく
　（記録は、看板を作る

※

朝日が昇る寸前　現れた巨大な透明な両手
その手は　こぼれ落ちた人も　手袋の人も
数えないで　抱き上げ掬い上げた

※

それらを
夢にして見せるには

数える指が　いつも足りない

機械　―悲しい重力―

【人間なんてやるもんじゃない。まして此処に人はいないはずなのだから】


与えられた場所には適材適所の能力を置く。

朝一番の住宅街には、高級事業家に雇われた清掃回収マシーンが、ゴミの選り分け、ゴミの分別。ビン、缶、ペットボトル、燃えないゴミ、或いはそこに入ってしまう近未来の明日に、自分を置く。

通勤ラッシュには全身ゼンマイ仕掛けをスーツに隠したオフィス戦士。戦地に赴き勤めを果たすと、帰りの省エネモードに耐え切れず快速急行に足を滑らし、スクラップ。

カレンダーの指令は残酷に、退屈を忙殺に変えるシフトを組み立てている。擦り切れる日常、焼き切れる細胞システム、麻痺する回路。シフトは、パターン化されリフレインされ、リターンする。回る行進曲に足並みをそろえられないモノは、切断されて利用廃止。

（草臥れたのなら油を注射して出直せよ

（歯車が固まったからってガタガタ言うな

選ばれたダービー馬の価値観は一番の、いち、を獲得するために周りを目隠し。最下位の仲間が馬刺しになっても、目の前のニンジンが大事。競い合いいなじり合い、密告して判子を押すように、とどめをさせる。

※

いのちの、のりごとを、「いのり」といいます
それは、ふるい、ニンゲンのいいわけです。
そんな、救いみたいな、まじない、なんて。
ナニカ、のために「いのち」のコトバをあたえるなんて。
(そんなヒマを作ったら俺たちきっと明日には、
(止まったままの、スクラップ。

※

(新しいオイル、新しい電池、新しい放電式で、新しい未来
(新しい……アタラシイ、モウ、……アタシ、ラシクナイ……、

※

昨日の朝と同じ目つき同じ顔つき、同じ服の鉛の兵隊の行進先、いずれ溶解炉の真ん中で中心だけが熱を帯び、溶けて流れて土の中。行きつくケムリは空の上。

（ニンゲンみたいな最後だね、／

／ニンゲンと同じ最期だね・・・、）

あげぞこ

「下を見て暮らしなさい。」
下には下が、
その下には下がいるということを
赤いちゃんちゃんこを着た人は
底なし物差しを振りかざす

下を見て暮らしていけば辿り着く
プラスチックの上辺の底に
仕組まれ、敷かれた、悪知恵を

貪り食べている人の
一番おいしい、「鰻の蒲焼」

　（その、舌で味見、
　（その、下で笑う、

「上を見て暮らしてみたい。」
言い返す制服娘の反抗は
社会を上下で板挟み

　（底辺、でもなく、かといって、
　（上級、でもなく、かといって、

底上げされたくらいの言い争い

底上げしたくらいの世界

四角四面　めくらめっぽうな闇の中
母と私が　箸で突つけば
空っぽの器から　どこからともなく
痛そうな音

狼煙

小さな町は大きな街に憧れて
いつも大きな街の姿をテレビで見ていた
小さな町は大きな街が大好きだったけど
大きな街に行くと自分がいかに
小さな町であるか知ってしまうことを恐れて
大きな街の悪口を　広報や回覧板で回した

小さな町が書いた小さな文字の注意事項は
いつも大きな街の悪口ばかりで
大きな記事にしたのは　小さな町の良い所

小さな町に住む人は　大きな街には行きたがらない
その町の公共機関という人たちが　口を揃えて
小さな町のことを「大きな街」と
大口たたいて大きな声で
目には映らないようにしていたから

大きな街と思っている人々の
造り上げたピラミッドの王様だけが
昼間に頭を抱え　夜にタバコをゆっくりふかす
（さて、この町を明日にはどんなケムリにまいてやろうか）と
キセルから浮かび上がる巨大な街が　闇の中に
どろん、と現れ　誰にも知れずに消えていく

優性遺伝子法

雑種は飼わないことにしているんだと　彼らは言った
はじめから決められた証明書やブランドの保証書ないものに
名前は付けないのがポリシーだとか

血筋がどうだとか、先天性、後天性、突発性、遅発性、
前も後ろも未来までも　興信所で見極めて
危険因子は取り除く
除いた分だけ興信所の名前は大きくなった

彼らは検索エンジンが大好き
彼らは優れたものを持ちたかったし
優れたものに言うことをきかせたかったから

けれど
彼らの愛するモノは　すぐに滅んだ
（雑種に、かまれたんだって
（雑種が、かんだんだって
優れたモノは　意外に脆弱

そして彼らは　呟いた
だから雑種は飼わないことにしているんだ

今日も彼らの箱庭で

吠えない犬の栽培を
ビニールハウスで発動中

空席

晴れた日の会場内に　用意された百脚の椅子

来賓者、関係者、招待者、出席者、
名簿に記載された　ずらりと連なる固有名詞

司会者は叫ぶ
（百人満席、晴れた日に、）
新聞は語る
（百人聴衆、晴れた日に、）

けれど
後ろから二列目
左端から並んで三つ
三つの席に雨が降る
印字された連名から　はぐれて
ペラペラになった紙同様　役に立たないと剝がされて
どこかに飛ばされてしまった人の、かなしみを
横目でチラリと眺める人の、高笑い

九十七人しかいない晴れた日の場内の、その隅で
冷たい雨は降り続く

晴天の宴は記事になり　朝夕を陽気に色濃く飾ったが

閉ざされた会場の椅子にまだ
湿っぽい、かなしみたちは忘れられ
滲んだままで　座り続ける

朗読

札束を重ねたようなビルが並ぶ　会議室の一角は
天井には　ステンドグラス
ピアノやフルートが優雅さを囃し立て
その催しは　朗読会へと突き進んだ

前置きに　戦争時代の体験を
詩にした朗読は　ある少女には長く
雨降りのまま着てきたカッパと
すってんてんに短い丈のズボンを
一番後ろの席でぶらぶらさせていたかと思うと

おもむろに　キャリーケースから　パンやおにぎりが入った
ビニール袋を　ガサガサさせて
餓えを我慢することができない

偉い人が　実行委員会に一つ咳払いすると
彼女は　女性に肩をポンと叩かれたら
ぐにゃり、と二、三分机に倒れたまま　動かなくなった

朗読は続いた
少女をよそに　少年期を敗戦で迎えた餓えの恨み辛み

ねぇ　今
その高い位置に立って詩を読んでいるおじさんの　おにぎりの時間を
どうして　彼女に食べさせてあげないの？

彼女が　薄暗い顔をムクリと　起こした頃
大喝采のまま　朗読会は終了した
私は　この街のどこかにいる自分の為に
会議室に涙を落として　地下鉄に潜る

ビルは
いつまで　札束を積み上げていくのだろう

二億四千万の目に見張られながら
街の臭いが
地下鉄を追いかけるように　私の心臓を撃ち抜いていた

雨傘

—ゆっくりと私の体の内を流れていく電車の音を聞いている—

この国の歴史は古く、そして時代は速く繰り返しながらガタゴトと転がり続けるという逸話を、その日の私は幼いままに頷いて、新快速の電車を待っていた。黒いジャンパーの中年男は産経新聞の三面記事のあたりを広げながら、今日の罪人を一人で責めたてた。薄暗がりに半月が頭上に傾き掛ける頃、最終ラッシュになるであろう、その電車に私は男と共に詰め込まれる。

冬のせいか、皆が濃い黒い影のような服を身に着け、要領よく椅子に乗車できたものを横目で見ながら、ぬるい吊革を握る、あるいは新聞を開く。新入社員同士で、上司の口調をまねて嗤いが止まらない声、と、他社の重役の重い表情を、流れる車窓に伺いながら、私は頬杖をついて私の内に籠る。外には小雨が少しずつ激しくなっていった事実を除いては、若い美女がそれなりの濃さの口紅を付けて、スマホをいじることに、何の不思議があっただろうか。

雨は激しくなった。時折電車は、不思議な揺れを起こし始めた。「おかしいな」、と気が付き始めたのは、おそらく何かに夢中になっていない者、全ての人だっただろう。

電車の外の雨粒の大きさも多さも尋常ではない。／（軍隊はいつも足並みをそろえてやってくるのだ。）電車に遅れが出るという放送、次にその原因がドアに雨傘が挟まって、乗務員が確認中と、目の前に現れるスマートな群青の制服が一つ通過して「三両後方、」とマイクを使う。と、同時に、車内は点滅を繰り返し、中は閉ざされた箱になる。

三面記事を鞄に突っ込んでいた男は、雨傘を誰かが面白がって悪戯したのだと責めたてた。その声に多くの人は賛同し、雨傘が挟まった地域で降りた住人を吊し上げた。誰もこの雨の中、「傘を忘れた人は家路が大変だね」とは思わなかったし、犯人を捜しはじめ、被害者は自分たちであると信じて疑わない。罵声を乗務員に向ける者、過呼吸でナイロン袋を取り出す者、それを隣で見ながら、自分の洋服だけを庇って嫌がる美女。／（軍隊はいつも足並みをそろえてやってくる。おそらく、同じ方向を向いて。）

私は全部見ていた。けれど、特に動かなかった。ただ、もう家に帰れるのは無理だ、ということだけ分かった。

車内の明かりが点り、嗚咽音のナイロン袋は白く濁ったままだった。三十七分の遅れで駅に着いた頃、私はあの暗闇で皆が一斉に灯した携帯電話から立ち上がるデスマスクたちを思い浮かべる。ホテルに泊まるお金がなくても、ネットカフェは二十四時間空いている。そんな便利で危険な場所に潜り込み、コンビニで買い込んだおにぎりとお茶で行方不明になってみせる。ずっと揺られたまま何かに揺すられて、眠りに堕ちた。

疲れを背負ったままネットカフェをあとに、モーニングになだれこむ。店には、認知症っぽい旦那さんに、ホットドッグのビニールを開いて食べさせている奥様に出会う。男性はゆっくり、「あ、り、が、と、う、」と、口からパンをこぼしながら言うと、婦人は、「お水を持ってきてあげる。」と嬉し泣きの声を漏らす。

朝が来て、私は家に帰れるのだと思った。私の内で交差する電車の行方を明確にさせる。

あの夜の雨傘。雨傘の刺さったままの電車は行方知れずの道をゴトゴト走りながら、人々を藪の中に連れ去った。今日も、乗り合わせる人たちを、藪の中から待っているのかもしれない。

売買

私はいつも作業所で
フックのバリを　ニッパーで切り落とす
作業で流れてくる
プラスチックのフックたち
人の首の形をした　その筋にある
イボのようなバリたちを
今日もニッパーで　はね飛ばす

次々と私の手で　はねられる

きれいになった　フックは売れて
はみ出て邪魔なバリたちと
八時間で　膨れ上がった　血豆は
豆でありながらも　売れないままで
真っ白い軍手は　売られても
赤黒いシミのついた　手袋は
もう　売れない

はみ出しものは捨てられる
会社の製品には　なれないからだ
真っ白い軍手は歓迎される
それは人に　使ってもらえるからだ
私が放心状態で　闇雲にはねた首
より、多く、の

リストラ社員、は
私が力一杯切った　バリ
私が夢中でつくった　血豆は
今日　過労死している　誰かの血

（イタイ、痛い、イタイ、）

製品は　陳列台を飾るだろう
残酷な白さが
清廉潔白の輝きを放つだろう
けれど　私の指は
黙ったまま　明日に備えて
バンドエイド二枚で　口封じされる
シミだらけの手袋は　捨てられるだろう

こんなにも働いたのに
役に立たないと言われて
明日には　ゴミ箱に棄てられる
私は
言われたように仕事をしているだけなのに
要らない、と、切られるバリも
汗と、血と、水と、埃に　まみれた手袋も
仕事が、したい、したい、と
言いながら　死体になって逝くだろう

（イタイ、遺体、イタイ、）

会社から悠々と運ばれて行く
製品たちを　見送る頃

事務所の片隅では
私の使った　ニッパーが
罪を犯した囚人のように
分厚いナイロン袋で
ぐるぐる巻きにされて
窒息死の刑を　受けている

バンドエイドを　剝がして
私は　破れた薄皮から
自然と流れる　水と血を眺めて
手のひらから　噴き出る汗を
じっと見る
これが私の手
これが私の仕事

この痛みが　お給料になる
（そんなにまでして、ソコに居たいの？）

ひりひり、と　熱を持つ
売れない指で
切り落として軽く捨てる毎日

その　うしろで
全部　キャッシュになって
みんな　バイバイ

——この物語は虚構の形をした真実である。

詩と思想新人賞叢書⑩

盲目

二〇一六年七月二十四日　発行

著者　為平　澪
編集　一色真理
デザイン　為平　澪
装幀　直井和夫
発行者　高木祐子
発行所　土曜美術社出版販売
〒一六二—〇八一三　東京都新宿区東五軒町三—一〇
電話　〇三—五二二九—〇七三〇
FAX　〇三—五二二九—〇七三二
振替　〇〇一六〇—九—七五六九〇九

印刷・製本　モリモト印刷

ISBN978-4-8120-2298-6　C0392